大唐西域記卷第十

孰八

唐三藏法師玄奘奉詔譯

大總持寺沙門辯機撰

十七國

伊爛拏鉢伐多國　瞻波國

羯朱嗢祇羅國　奔那伐彈那國

迦摩縷波國　三摩呾吒國

耽摩栗底國

羯羅拏蘇伐剌那國

烏荼國　恭御陀國

羯餕伽國　憍薩羅國
案達羅國　馱那羯磔迦國
珠利耶國　達羅毗荼國
秣羅矩吒國

伊爛拏鉢伐多國周三千餘里國大都城北
孰八
路殑伽河周二十餘里稼穡滋植華果具繁
氣序和暢風俗淳質伽藍十餘所僧徒四千
餘人多學小乘正量部法天祠二十餘所異
道雜居近有隣王廢其國君以大都城持施
衆僧於此城中建二伽藍各減千僧並學小

乘教說一切有部

大城側臨殑伽河有伊爛拏山含吐煙霞蔽虧日月古今仙聖繼踵棲神今有天祠尚遵遺則在昔如來亦嘗居此為諸天人廣說妙法大城南有窣堵波如來於此三月說法其傍則有過去三佛座及經行遺迹之所

三佛經行西不遠有窣堵波是室縷多頻設底拘胝（此言聞二百億舊譯曰億耳謬也）苾芻生處昔此城有長者豪貴巨富晚有繼嗣時有報者輒賜金錢二百億因名其子聞二百億洎乎成立

未曾履地故其足跖毛長尺餘光潤細軟色若黄金珍愛此兒備諸玩好自其居家以至雪山亭傳連隅僮僕交路凡須妙藥遞相告語轉而以授曾不踰時其豪富如此世尊知其善根將發也命没特伽羅子而往化焉既至門下莫由自通長者家祠日天每晨朝時

東向以拜是時尊者以神通力從日輪中降立於前長者子疑曰天也因施香飯而歸其飯香氣遍王舍城時頻毗娑羅王駭其異馥命使歷問乃竹林精舍没特伽羅子自長者

家持来因知長者子有此奇異乃使召焉長者承命思何安步泛舟鼓棹有風波之危乘車馭象惧顛蹶之患於是自其居家至王舍城鑿渠通漕流滿芥子御舟安止長絙以引至王舍城先禮世尊世尊告曰頻毗娑羅王命使召汝無過欲見足下毛耳王欲觀者宜結跏坐伸脚向王國法當死長者子受佛誨而往引入廷謁王欲視毛乃跏趺坐王善其有禮特深珍愛亦既得歸還至佛所如来是時說法誨喻聞而感悟遂即出家於是精勤

修習思求果證經行不捨旦遂流血世尊告曰汝善男子在家之時知鼓琴耶曰知若然者以此為喻絃急則聲不合韻絃緩則調不和雅非急非緩其聲乃和夫修行者亦然急則身疲心怠緩則情舒志逸承佛指教奉以周旋如是不久便獲果證

國西界殑伽河南至小孤山重巘嶜崟昔佛於此三月安居降薄句羅藥叉山東南巖下大石上有佛坐跡入石寸餘長五尺二寸廣二尺一寸其上則建窣堵波焉次南石上則

有佛置捃稚迦（即澡瓶也舊曰軍持訛畧也）跡深寸餘作八出華文佛坐跡東南不遠有薄句羅藥叉脚跡長尺五六寸廣七八寸深減二寸藥叉跡後有石佛坐像高六七尺次西不遠有佛經行之處其山頂上有藥叉故室次北有佛足跡長尺有八寸廣於六寸深可半寸其跡上有窣堵波如来昔日降伏藥叉不令殺人食肉敬受佛戒後得生天此西有温泉六七所其水極熱國南界大山林中多有野象其形偉大從此順殑伽河南岸東行三百餘里

至瞻波國中印度境

瞻波國周四千餘里國大都城北背殑伽河周四十餘里土地墊濕稼穡滋盛氣序溫暑風俗淳質伽藍數十所多有傾毀僧徒二百餘人習小乘教天祠二十餘所異道雜居都城壘甎其高數丈基址崇峻却敵高險在昔劫初人物伊始野居穴處未知宮室後有天女降迹人中遊殑伽河濯流自媚感靈有娠生四子焉分瞻部洲各擅宇區建都築邑封疆畫界此則一子之國都瞻部洲諸城之

始也

城東百四五十里殑伽河南水環孤嶼崖巘崇峻上有天祠神多靈感鑿崖爲室引流成沼華林奇樹巨石危峯仁智所居觀者忘返

國南境山林中野象猛獸羣遊千數自此東行四百餘里至羯朱嗢祇羅國（彼俗或謂羯蠅揭羅國中印度境）

羯朱嗢祇羅國周二千餘里土地泉濕稼穡豐盛氣序溫風俗順敦尚高才崇貴學藝伽藍六七所僧徒三百餘人天祠十所異道雜

居自數百年王族絕嗣役屬鄰國所以城郭丘墟多居村邑故戒日王遊東印度於此築宮理諸國務至則葺茅為宇去則縱火焚燒國南境多野象北境去殑伽河不遠有大高臺壘甎石而以建焉基址廣峙刻彫奇製周其方面鏤衆聖像佛及天形區別而作自此東渡殑伽河行六百餘里至奔那伐彈那國

中印度境

奔那伐彈那國周四千餘里國大都城周三十餘里居人殷盛池館華林往往相間土地

卑濕稼穡滋茂般橠娑果既多且貴其果大如冬瓜熟則黃赤剖之中有數十小果大如鶴卵又更破之其汁黃赤其味甘美或在樹枝如衆果之結實或在樹根若茯苓之在土氣序調暢風俗好學伽藍二十餘所僧徒三千餘人大小二乘兼功綜習天祠百所異道雜居露形尼乾寔繁其黨

城西二十餘里有跋始婆僧伽藍庭宇顯敞臺閣崇高僧徒七百餘人並學大乘教法東印度境碩學名僧多在於此其側不遠有窣

堵波無憂王之所建也昔者如來三月在此爲諸天人說法之處或至齋日時燭光明其側則有四佛座及經行遺跡之所去此不遠復有精舍中作觀自在菩薩像神鑒無隱靈應有徵遠近之人絶粒祈請自此東行九百餘里渡大河至迦摩縷波國東印度境

迦摩縷波國周萬餘里國大都城周三十餘里土地泉濕稼穡時播般橠娑果那羅雞羅果其樹雖多彌復珍貴河流湖陂交帶城邑氣序和暢風俗淳質人形卑小容貌黧黑語

言少異中印度性甚獷暴志存强學宗事天神不信佛法故自佛興以迄于今尚未建立伽藍招集僧侶其有淨信之徒但竊念而已天祠數百異道數萬

今王本那羅延天之祚胤婆羅門之種也字婆塞羯羅伐摩（此言日冑）號拘摩羅（此言童子）自據疆土奕葉君臨逮於今王歷千世矣君上好學衆庶從化遠方高才慕義客遊雖不淳信佛法然敬高學沙門初聞有至那國沙門在摩揭陀那爛陀僧伽藍自遠方來學佛深法殷

懃徃復者再三未從來命時尸羅跋陀羅論師曰欲報佛恩當弘正法子其行矣勿憚遠涉拘摩羅王世宗外道今請沙門斯善事也因玆改轍福利弘遠子昔起大心發弘誓願孤遊異域遺身求法普濟含靈豈徒鄉國宜

忘得喪勿拘榮辱宣揚聖教開導羣迷先物後身忘名弘法於是辭不獲免遂與使偕行而會見焉拘摩羅王曰雖則不才常慕高學聞名雅尚敢事延請曰寡能褊智猥蒙流聽拘摩羅王曰善哉慕法好學顧身若浮踰越

重險遠遊異域斯則王化所由國風尚學今印度諸國多有歌頌摩訶至那國秦王破陣樂者聞之久矣豈大德之鄉國耶曰然此歌者美我君之德也拘摩羅王曰不意大德是此國人常慕風化東望已久山川道阻無由自致曰我大君聖德遠洽仁化遐被殊俗異域拜闕稱臣者衆矣拘摩羅王曰覆載若斯心冀朝貢今戒日王在羯朱嗢祇羅國將設大施崇樹福慧五印度沙門婆羅門有學業者莫不召集今遣使來請願與同行於是遂

往焉此國東山阜連接無大國都境接西南夷故其人類蠻獠矣詳問土俗可兩月行入蜀西南之境然山川險阻障氣氛沴毒蛇毒草爲害滋甚國之東南野象群暴故此國中象軍特盛從此南行千二三百里至三摩呾吒國東印度境

三摩呾吒國周三千餘里濵近大海地遂卑濕國大都城周二十餘里稼穡滋植華果繁茂氣序和風俗順人性剛烈形卑色黑好學勤勵邪正兼信伽藍三十餘所僧徒二千餘

人並皆遵習上座部學天祠百所異道雜居露形尼乾其徒特盛去城不遠有窣堵波無憂王之所建也昔者如來爲諸天人於此七日說深妙法傍有四佛座及經行遺迹之所去此不遠伽藍中有青玉佛像其高八尺相好圓備靈應時効從此東北大海濱山谷中有室利差呾羅國次東南大海隅有迦摩浪迦國次東有墮羅鉢底國次東有伊賞那補羅國次東有摩訶瞻波國即此云林邑是也次西南有閻摩那洲國凡此六國山川道阻

不入其境然風俗壤界聲問可知自三摩呾吒國西行九百餘里至躭摩栗底國東印度境

躭摩栗底國國周千四五百里國大都城周十餘里濱近海陲土地卑濕稼穡時播華果茂盛氣序温暑風俗躁烈人性剛勇邪正兼信伽藍十餘所僧（執八）衆千餘人天祠五（九）十餘所異道雜居國濱海隅水陸交會奇珍異寶多聚此國故其國人大抵殷富城側窣堵波無憂王所建也其傍則有過去四佛座及經行遺迹之所自此西北行七百餘里至羯羅拏蘇

其中警誡相成琢磨道德初此國未信佛法時南印度有一外道腹錮銅鍱首戴明炬杖策高步來入此城振擊論鼓求欲論義或者問曰首腹何異曰吾學藝多能恐腹拆裂悲諸愚闇所以持照時經旬日人無問者詢訪髦彥莫有其人王曰合境之内豈無明哲客難不酬爲國深耻宜更營求訪諸幽隱或曰大林中有異人其自稱曰沙門强學是務今屛居幽寂久矣于兹非夫體法合德何能若此者乎王聞之已躬往請焉沙門對曰我南

伐刺那國東印度境

羯羅拏蘇伐刺那國周四千四五百里國大都城周二十餘里居人殷盛家室富饒土地卑濕稼穡時播衆華滋茂珍異繁植氣序調暢風俗淳和好尚學藝邪正兼信伽藍十餘所僧徒二千餘人習學小乘正量部法天祠五十餘所異道實多别有三伽藍不食乳酪遵提婆達多遺訓也

大城側有絡多末知僧伽藍此言赤埿庭宇顯敞臺閣崇峻國中髙才達學聰敏有聞者咸集

印度人也客遊止此學業庸淺恐黜所聞敢承來旨不復固辭論義無負請建伽藍招集僧徒光讚佛法王曰敬聞不敢忘德沙門受請往赴論場外道於是誦其宗致三萬餘言其義遠其文約包含名相網羅視聽沙門一聞究覽辭義無謬以數百言辯而釋之因問宗致外道辭窮理屈杜口不酬既折其名負恥而退王深敬德建此伽藍自時厥後方弘法教

伽藍側不遠有窣堵波無憂王所建也在昔

如來於此七日說法開導其側精舍過去四佛座及經行遺迹之所有數窣堵波並是如來說經法之處無憂王之所建也從此西南行七百餘里至烏荼國東印度境

烏荼國周七千餘里國大都城周二千餘里土地膏腴穀稼茂盛凡諸果實頗大諸國異草名華難以稱述氣序溫暑風俗獷烈人貌魁梧容色黧黮言辭風調異中印度好學不倦多信佛法伽藍百餘所僧徒萬餘人並皆習學大乘法教天祠五十所異道雜居諸窣

孰八

十一

堵波凡十餘所並是如來説法之處無憂王之所建也

國西南境大山中有補澀波祇釐僧伽藍其石窣堵波極多靈異或至齋日時燭光明故諸淨信遠近咸會持妙華蓋競修供養承露槃下覆鉢勢上以華蓋笴置之便住若磁石之吸針也此西北山伽藍中有窣堵波所異同前此二窣堵波者神鬼所建靈奇若斯

國東南境臨大海濱有折利呾羅城此言發行周二十餘里入海商人遠方旅客往來中止之

路也其城堅峻多諸奇寶城外鱗次有五伽藍臺閣崇高尊像工麗南去僧伽羅國二萬餘里靜夜遥望見彼國佛牙窣堵波上寶珠光明離離然如明炬之懸燭也自此西南大林中行千二百餘里至恭御陀國東印度境

孰八　十二

恭御陀國周千餘里國大都城周二十餘里濱近海隅山阜嶾嶙土地墊濕稼穡時播氣序温暑風俗勇烈其形偉其貌黑粗有禮義不甚欺詐至於文字同中印度語言風調頗有異焉崇敬外道不信佛法天祠百餘所異

道萬餘人國境之內數十小城接山嶺據海交城既堅峻兵又敢勇威雄隣境遂無强敵國臨海濱多有奇寶螺貝珠璣斯爲貨用出大青象超乘致遠從此西南入大荒野深林巨木干霄蔽日行千四五百里至羯𩜁伽國

南印度境

羯𩜁伽國周五千餘里國大都城周二十餘里稼穡時播華果具繁林藪聯綿動數百里出青野象隣國所奇氣序暑熱風俗躁暴性多狷獷志存信義言語輕捷音調質正辭旨

又名[illegible]舶[illegible]皆[illegible]此國寶[illegible]王[illegible]吾
[illegible]青[illegible]東[illegible]國所產[illegible]屬有暴風[illegible]名[illegible]暴[illegible]
[illegible]舍[illegible]播年果其產木[illegible]細[illegible]曾[illegible]百里
[illegible]舍行[illegible]四五十餘里國大都城周二十餘
里也
國[illegible]本千[illegible]口行千四五百里[illegible]昌[illegible]合國
大青果[illegible]達[illegible]北西南人大[illegible]理[illegible]林
國[illegible]產[illegible]有年[illegible]貝[illegible]其[illegible]貨用土
又[illegible]人[illegible]男[illegible]達[illegible]
道[illegible]入國[illegible]已數十[illegible]山[illegible]

風則頗與中印度異焉少信正法多遵外道伽藍十餘所僧徒五百餘人習學大乘上座部法天祠百餘所異道甚衆多是尼乾之徒也

羯餕伽國在昔之時氓俗殷盛肩摩轂擊舉袂成帷有五通仙棲巖養素人或凌觸退失神通以惡呪術殘害國人少長無遺賢愚俱喪人煙斷絕多歷年所頗漸遷居猶未充實故今此國人戶尚少

城南不遠有窣堵波高百餘尺無憂王之所

建也傍有過去四佛座及經行遺迹之所國境北陲大山嶺上有石窣堵波高百餘尺是劫初時人壽無量歲有獨覺於此入寂滅焉自此西北山林中行千八百餘里至憍薩羅國中印度境

憍薩羅國周六孰八千餘里山嶺周境十四林藪連接國大都城周四十餘里土壤膏腴地利滋盛邑里相望人戶殷實其形偉其色黑風俗剛猛人性勇烈邪正兼信學藝高明王刹帝利也崇敬佛法仁慈深遠伽藍百餘所僧徒減

萬人並皆習學大乘法教天祠七十餘所異
道雜居城南不遠有故伽藍傍有窣堵波無
憂王之所建也昔者如來曾於此處現大神
通摧伏外道後龍猛菩薩止此伽藍時此國
王號娑多婆訶（此言引正）珍敬龍猛周衛門廬時
提婆菩薩自執師子國來求論義謂門者曰
幸爲通謁時門者遂爲入白龍猛雅知其名
盛滿鉢水命弟子曰汝持是水示彼提婆提
婆見水默而投針弟子持鉢懷疑而返龍猛
曰彼何辭乎對曰默無所説但投針於水而

已龍猛曰智矣哉若人也知幾其神察微亞
聖盛德若此宜速命入對曰何謂也無言妙
辯斯之是歟曰夫水也者隨器方圓逐物清
濁彌漫無間澄湛莫測滿而示之比我學之
智周也彼乃投針遂窮其極此非常人宜速
孰八 十五
召進而龍猛風範懔然肅物言談者皆伏抑
首提婆素挹風徽久希請益方欲受業先騁
機神雅懼威嚴昇堂僻坐談玄永日辭義清
高龍猛曰後學冠世妙辯光前我惟衰耄遇
斯俊彥誠乃寫瓶有寄傳燈不絕法教弘揚

伊人是賴幸能前席雅談玄奥提婆聞命心獨自負將開義府先遊辯囿提振辭端仰視質義忽覩威顔忘言杜口避坐引責遂請受業龍猛曰復坐今將授子至真妙理法王誠教提婆五體投地一心歸命曰而今而後敢聞命矣龍猛菩薩善閑藥術餐餌養生壽年數百志貌不衰引正王既得妙藥壽亦數百王有稚子謂其母曰如我何時得嗣王位母曰以今觀之未有期也父王年壽已數百歲子孫老終者蓋亦多矣斯皆龍猛福力所加

藥術所致菩薩寂滅王以徂落夫龍猛菩薩智慧弘遠慈悲深厚周給羣有身命若遺汝宜往彼試從乞頭若遂此志當果所願王子恭承母命來至伽藍門者驚懼故得入焉時龍猛菩薩方讚誦經行忽見王子佇而謂曰今夕何夕降趾僧坊若危若懼疾驅來至對曰我承慈母餘論語及行捨之士以為含生寶命經誥格言未有輕捨報身施諸求欲我慈母曰不然十方善逝三世如來在昔發心逮乎證果勤求佛道修習戒忍或投身飼獸

或割肌救鴿月光王施婆羅門頭慈力王飲
餓藥叉血諸若此類尤難備舉求之先覺何
代無人今龍猛菩薩篤斯高志我有所求人
頭爲用招募累歲未之有捨欲行暴劫殺則
罪累尤多虐害無辜穢德彰顯惟菩薩修習

聖道遠期佛果慈霑有識惠及無邊輕生若
浮賤身如朽不違本願垂允所求龍猛曰俞
誠哉是言也我求佛聖果我學佛能捨是身
如響是身如泡流轉四生往來六趣宿契弘
誓不違物欲然王子有一不可者其將若何

我身既終汝父亦喪顧斯爲意誰能濟之龍猛徘徊顧視求所絶命以乾茅葉自刎其頸若利劍斷割身首異處王子見已驚奔而去門者上白具陳始末王聞哀感果亦命終國西南三百餘里至跋邏末羅耆釐山（此言黑峯）岌然特起峯巖峭險既無崖谷宛如全石引正王爲龍猛菩薩鑿此山中建立伽藍去山十數里鑿開孔道當其山下仰鑿疏石其中則長廊步檐崇臺重閣閣有五層層有四院並建精舍各鑄金像量等佛身妙窮工思自餘

執八　十七

莊嚴唯飾金寶從山高峯臨注飛泉周流重閣交帶廊廡踈寮外穴明燭中宇初引正王建此伽藍也人力疲竭府庫空虛功猶未半心甚憂慼龍猛謂曰大王何故若有憂負王曰輙運大心敢樹勝福期之永固待至慈氏功績未成財用已竭每懐此恨坐而待旦龍猛曰勿憂崇福勝善其利不窮有興弘願無憂不濟今日還宮當極歡樂後晨出遊歷覽山野已而至此平議營建王既受誨奉以周旋龍猛菩薩以神妙藥滴諸大石並變爲金

王遊見金心口相賀迴駕至龍猛所曰今日
畋遊神鬼所惑山林之中時見金聚龍猛曰
非鬼惑也至誠所感故有此金宜時取用濟
成勝業遂以營建功畢有餘於是五層之中
各鑄四大金像餘尚盈積充諸帑藏招集千
僧居中禮誦龍猛菩薩以釋迦佛所宣教法
及諸菩薩所演述論鳩集部別藏在其中故
上第一層唯置佛像及諸經論下第五層居
止淨人資產什物中間三層僧徒所舍聞諸
先志曰引正營建已畢計工人所食鹽價用

九拘胝（此言億）金錢其後僧徒忿諍就王平議時諸淨人更相謂曰僧徒諍起言議相乖凶人伺隙毀壞伽藍於是重關反拒以擯僧徒自爾已來無復僧衆遠矚山巖莫知門徑時引善醫方者入中療疾蒙面入出不識其路

從此大林中南行九百餘里至案達羅國（南印度境）

案達羅國周三千餘里國大都城周二十餘里號瓶耆羅土地良沃稼穡豐盛氣序温暑風俗猛暴語言辭調異中印度至於文字軌

則大同伽藍二十餘所僧徒三千餘人天祠
三十餘所異道實多
瓶耆羅城側不遠有大伽藍重閣層臺製窮
剞劂佛像聖容麗極工思伽藍前有石窣堵
波高數百尺並阿折羅（此言所行）阿羅漢之所建
也所行羅漢伽（執八）藍西南不遠有（十九）窣堵波無憂
王之所建也如來在昔於此說法現大神通
度無量衆
所行羅漢伽藍西南行二十餘里至孤山山
嶺有石窣堵波陳那（此言童受）菩薩於此作因明

論陳那菩薩者佛去世後承風染衣智顧廣
大慧力深固愍世無依思弘聖教以爲因明
之論言深理廣學者虛功難以成業乃匿迹
幽巖棲神寂定觀述作之利害審文義之繁
約是時崖谷震響煙雲變采山神捧菩薩高
數百尺唱如是言昔佛世尊善權導物以慈
悲心說因明論綜括妙理深究微言如來寂
滅大義泯絶今者陳那菩薩福智悠遠深達
聖旨因明之論重弘茲日菩薩乃放大光明
照燭幽昧時此國王深生尊敬見此光明相

疑入金剛定因請菩薩證無生果陳那曰吾入定觀察欲釋深經心期正覺非願無生果也王曰無生之果衆聖攸仰斷三界欲洞三明智斯盛事也願疾證之陳那是時心悅王請方欲證受無學聖果時妙吉祥菩薩知而惜焉欲相警誡乃彈指悟之而告曰惜哉如何捨廣大心爲狹劣志從獨善之懷棄兼濟之願欲爲善利當廣傳說慈氏菩薩所製瑜伽師地論導誘後學爲利甚大陳那菩薩敬受指誨奉以周旋於是覃思沉研廣因明論

猶恐學者懼其文微辭約也乃舉其大義綜其微言作因明論以導後進自茲已後宣暢瑜伽盛業門人有知當世從此林野中南行千餘里至馱那羯磔迦國（亦謂大安達邏國南印度境）

馱那羯磔迦國周六千餘里國大都城周四十餘里土地膏腴稼穡殷盛荒野多邑居少氣序温暑人貌黧黑性猛烈好學藝伽藍鱗次荒蕪已甚存者二十餘所僧徒千餘人並多習學大衆部法天祠百餘所異道實多

城東據山有弗婆勢羅（此言東山）僧伽藍城西據

山有阿伐羅勢羅（此言西山）僧伽藍此國先王爲
佛建焉奠川通徑疏崖峙閣長廊步簷枕巖
接岫靈神警衛聖賢遊息自佛寂滅千年之
内每歲有千凡夫僧同入安居罷安居日皆
證羅漢以神通力陵虛而去千年之後凡聖

同居自百餘年無復僧侶而山神易形或作
豺狼或爲猨狖驚恐行人以故空荒闃無僧
衆城南不遠有大山巖婆毗吠伽（此言清辯）論師
住阿素洛宫待見慈氏菩薩成佛之處論師
雅量弘遠至德深邃外示僧佉之服内弘龍

猛之學聞摩揭陀國護法菩薩宣揚法教學徒數千有懷談議杖錫而往至波吒釐城知護法菩薩在菩提樹乃命門人曰汝行詣菩提樹護法菩薩所如我辭曰菩薩宣揚遺教導誘迷徒仰德虛心爲日已久然以宿願未果遂乖禮謁菩提樹者誓不空見見當有證稱天人師護法菩薩謂其使曰人世如幻身命若浮渴日勤誠未遑談議人信往復竟不會見論師既還本土靜而思曰非慈氏成佛誰決我疑於觀自在菩薩像前誦隨心

陀羅尼絶粒飲水時歷三嵗觀自在菩薩乃現妙色身謂論師曰何所志乎對曰願留此身待見慈氏觀自在菩薩曰人命危脆世間浮幻宜修勝善願生覩史多天於斯禮覲尚速得見論師曰志不可奪心不可貳菩薩曰

若然者宜往馱那羯磔迦國城南山巖執金剛神所至誠誦持執金剛陀羅尼者當遂此願論師於是往而誦焉三嵗之後神乃謂曰伊何所願若此勤勵論師曰願留此身待見慈氏觀自在菩薩指遣來請成我願者其在

神乎神乃授祕方而謂之曰此巖石内有阿素洛宮如法行請石壁當開開即入中可以待見論師曰幽居無覩詎知佛興執金剛曰慈氏出世我當相報論師受命專精誦持復歷三歲初無異想呪芥子以擊石巖壁豁而洞開是時百千萬衆觀覩忘返論師跨其戶而告衆曰吾久祈請待見慈氏聖靈警祐大願斯遂宜可入此同見佛興聞者怖駭莫敢履戶謂是毒蛇之窟恐喪身命再三告語唯有六人從入論師顧謝時衆從容而入入之

旣已石壁還合衆皆怨嗟恨前言之過也自此西南行千餘里至珠利耶國南印度境

珠利耶國周二千四五百里國大都城周十餘里土野空曠藪澤荒蕪居戶寡少羣盜公行氣序溫暑風俗姦宄人性獷烈崇信外道

伽藍頹毀粗有僧徒天祠數十所多露形外道也

城東南不遠有窣堵波無憂王之所建也如來在昔嘗於此處現大神通說深妙法摧伏外道度諸天人

城西不遠有故伽藍提婆菩薩與羅漢論義之處初提婆菩薩聞此伽藍有嗢呾羅（此言上）阿羅漢得六神通具八解脱遂來遠尋觀其風範既至伽藍投羅漢宿羅漢少欲知足唯置一牀提婆既至無以爲席乃聚落葉指令就坐羅漢入定夜分方出提婆於是陳疑請決羅漢隨難爲釋提婆尋聲重質第七轉已杜口不酬竊運神通力往覩史多天請問慈氏慈氏爲釋因而告曰彼提婆者曠劫修行賢劫之中當紹佛位非爾所知宜深禮敬如

彈指頃還復本座乃復抑揚妙義剖析微言提婆謂曰此慈氏菩薩聖智之釋也豈仁者所能詳究哉羅漢曰然誠如來旨於是避席禮謝深加敬歎從此南入林野中行千五六百里至達羅毗荼國南印度境

孰八 二十四

達羅毗荼國周六千餘里國大都城號建志補羅周三十餘里土地沃壤稼穡豐盛多華果出寶物氣序溫暑風俗勇烈深篤信義高尚博識而語言文字少異中印度伽藍百餘所僧徒萬餘人並皆遵學上座部法天祠八

十餘所多露形外道也如來在世數遊此國
説法度人故無憂王於諸聖迹皆建窣堵波
建志補羅城者即達磨波羅護法此言菩薩本生
之城菩薩此國大臣之長子也幼懷雅量長
而弘遠年方弱冠王姫下降禮筵之夕憂心
慘悽對佛像前慇懃祈請至誠所感神負遠
遁去此數百里至山伽藍坐佛堂中有僧開
戶見此少年疑其盜也更詰問之菩薩具懷
指告因請出家衆咸驚異遂允其志王乃宣
命推求遐邇乃知菩薩神負遠塵王之知也

不尚遊藝唯善逐利伽藍故基實多餘址存者既少僧徒亦寡天祠數百外道甚衆多露形之徒也

城東不遠有故伽藍庭宇荒蕪基址尚在無憂王弟大帝之所建也其東有窣堵波崇基已陷覆鉢猶存無憂王之所建立在昔如來於此說法現大神通度無量衆用彰聖迹故此標建歲久彌神所願或遂

國南濱海有秣剌耶山崇崖峻嶺洞谷深澗其中則有白檀香樹栴檀你婆樹樹類白檀

不可以別唯於盛夏登高遠矚其有大蛇縈
者於是知之猶其木性涼冷故蛇盤也既望
見已射箭爲記冬蟄之後方乃採伐羯布羅
香樹松身異葉華果斯別初採既濕尚未有
香木乾之後修理而析其中有香狀若雲母
色如冰雪此所謂龍腦香也

秣剌耶山東有布呾洛迦山山徑危險巖谷
敧傾山頂有池其水澄鏡派出大河周流繞
山二十帀入南海池側有石天宮觀自在菩
薩往來遊舍其有願見菩薩者不顧身命厲

氷登山志其艱險能達之者蓋亦寡矣而山下居人祈心請見或作自在天形或爲塗灰外道慰喻其人果遂其願從此山東北海畔有城是往南海僧伽羅國路聞諸土俗曰從此入海東南可三千餘里至僧迦羅國此言執師子非印度之境

大唐西域記卷第十

音釋

跖之石切足底也
蹎蹶蹎都年切仆也蹶居月切僵也
嶜崟嶜昨淫切崟宜金切嶜崟山高貌
嶼徐呂切山在水中也
橠乃可切
蠻獠蠻謨還切南蠻也獠盧皓切夷獠也
咀吒咀當割切吒陟嫁切
錮古暮切猶牢固也
鍱與涉切銅薄也
黧黮黧郎奚切黮吐敢切黧黮黑色也
猸獖猸古縣切狂也獖古猛切惡也
餕力膺切
轂古祿切輻所轃也
餐餌餐七安切餌仍吏切餐餌吞食也
岌魚及切山高貌
峭七肖切峻也
績則歷切與勣同
帑他朗切金帛藏也
猿犺猿于元切犺羊就切猿犺並獸名
攲丘奇切與崎同